孩子的存在主义

——献给星空的诗集

王至 著

上海社会科学院出版社
SHANGHAI ACADEMY OF SOCIAL SCIENCES PRESS

图书在版编目(CIP)数据

孩子的存在主义：献给星空的诗集 / 王至著．—上海：上海社会科学院出版社，2022
ISBN 978-7-5520-2869-0

Ⅰ．①孩…　Ⅱ．①王…　Ⅲ．①诗集—中国—当代　Ⅳ．①I227

中国版本图书馆CIP数据核字(2022)第201742号

孩子的存在主义——献给星空的诗集

著　　者：王　至
责任编辑：路　晓
封面设计：萧　萧
出版发行：上海社会科学院出版社
上海顺昌路622号　邮编200025
电话总机021-63315947　销售热线021-53063735
http://www.sassp.cn　E-mail:sassp@sassp.cn
照　　排：南京月叶图文制作有限公司
印　　刷：上海万卷印刷股份有限公司
开　　本：787毫米×1092毫米　1/32
印　　张：5.25
字　　数：85千
版　　次：2022年12月第1版　2022年12月第1次印刷

ISBN 978-7-5520-2869-0/I·471　　定价：36.00元

你就是那片星空。

序一

一个“存在”之路上的青年探求者

房　伟

王至是一位有才华的青年诗人、有想法的青年研究者，也是我在山东师范大学教过的学生。《孩子的存在主义——献给星空的诗集》是他的第一本诗集，是他这些年诗思的积累，诗集出版值得祝贺。他上课积极认真，善于思考，很有自己独特的观点。一般人的看法，师范生比较循规蹈矩，但王至却不是这样。他有活力，也喜欢论辩，对文学非常虔诚。后来，我了解到，他有家学渊源，从小耳濡目染，让他对文学有着一份超常的感悟和理解。我那时刚留校，是个一文不名的“小青椒”，唯一值得骄傲的，就是有一群热爱文学专业、喜欢上课的学生。他们也让我看到了教书育人的意义。2016年，我从山东师大调去苏州大学任教，有次在南京搞新书推广，非常感动的是，王至等几个我在山东师大教过的同学，居然自费坐高铁，去南京参加我的活动。我想，这份浓浓的尊重，是我作为一个教师的最高荣誉。

再后来，我们的联系多了，也慢慢知道了很多他的事情。他喜欢写诗，也对哲学感兴趣，经过努力，他考取了文艺学的研究生。他的硕士毕业论文选题是"克尔凯郭尔存在诗学"，也正好应合他的心志。寻找"存在"之路是艰难的，大部分人是随波逐流，真正清醒认识到自我的存在，坚持自我的存在，寻找自我存在的价值，是一件"何其艰难"的事情，也许这也是他"安顿内心"的道路吧。大道茫茫，似乎难以寻找，而名缰利锁，却总是缠绕在我们的身边，强迫我们违拗内心，在庸碌之中，不断走向尘埃。去年下半年，我生了一场大病，推开许多会议和繁杂事务，这才发现，我的外部世界，其实不过是一个小区，每天见面的朋友，不过是小区的花花草草、身边的流浪猫，而我的内心，早已荒芜许久。于是，我再次回归书籍，重新静下心来读书，那种幸福的感觉，才慢慢找了回来。

由此而言，我很佩服王至，每次和王至接触，总被他的热情所感动。困难和挫折，没有让他变得市侩，也没有伤害他内心最纯洁、最有激情的东西——对真理的渴望、对内心生活的珍视、对文学和学术发自内心的热爱。王至在后记中说："如果你想了解我，想了解一个同你一样在这个世界生活的、平凡的孩子，我很乐意同你分享。在这本书里，有我对于爱的渴望。"有情，有爱，有诗意和诗思，正是这本诗集的特点。《春日游》《光忆》《静夜思》等都是非常淳朴自然的诗。诗中也总有一个抒情的、略带几分忧郁的青年形象。这也使得诗歌的叙事性，呈现出第一人称化的、内倾性的特质。这些诗歌，能看到王至对人生、事业、爱情、自然的真挚情感，也有他对历史和社会的反思。这里既有古典意象和古典美，又有现代人的思绪。有些诗句是比较传神的，例如"一支长篙撑开了波纹，像极了你眼睛划过的一瞬。荡漾，是抚动着我心的你，千万根琴弦在低唱。"(《眉眼之间》)写情传意，借助诸多含蓄的意象，已颇有些诗歌的功力。

"小荷才露尖尖角，早有蜻蜓立上头。"《孩子的存在主义——献给星空的诗集》的这些诗歌，朴素可爱，也真诚感人,他记录了一个青年诗人成长的心路历程,也显示着诗人的才华和匠心。但我总以为,王至还是有些悲观,他在后记中说:“这些诗最后的命运如何?我想大概率同我一样平凡,最终归于尘埃。不会人记得它们存在过,就像大多数人一样在历史中湮灭。”人生的存在主义,也许就是为自我的“心灵”寻找价值。为自我立法,为自我而追求,为自我而安心。王至还是青年,而且是一个有才华的、正直善良的青年。我相信,他的人生之路、文学之路,会走出自己的一片天地。他需要的,还是更多的坚持,再坚持,认真,再认真。人生的关键,是有无毅力和决心,去迎接不断而来的挑战。我相信,王至一定能创造出属于自己的一个精彩的“存在的世界”!

是以为序。

壬寅年酷暑于姑苏磨剑斋

(房伟,文学博士,特聘精英教授,博导,中国现代文学馆客座研究员,紫金文化英才,青蓝人才工程中青年学术带头人,现执教于苏州大学文学院。)

序二

“此在”的诗意

李　骞

硕士研读阶段出版诗集的学生很少见，王至是很少见中的一个。能出版自己的诗集当然是好事，至少说明作者曾经用诗来思考社会、思考人生。我以前的学生中也有读研时写小说、写诗、写散文的。其实我并不是十分赞成，原因是三年的学业太短暂，应该集中精力阅读古今中外的名著，好好充电，在文学研究上有所创新。当然，我也并不反对学生写作，有时候他们把写好的文学作品给我看，我觉得好的话也会尽其所能，向比较熟悉的编辑推荐。

王至是一个热爱阅读的青年才俊，也勤于思考，我始终坚信他是一个不错的硕士研究生。有一天，他对我说，他在一些报刊上发表了几首诗，要我一定看看，提点意见。我有些诧异，因为在进校近两年的日常交流中，我和他鲜有现代新诗写作的交流。作为文艺学专业的学生，他虽然时不时去听我给现当代文学专业的学生讲授的“新诗研究”，但我认为他是想打开一个新的研究视野，没有想到他是为诗歌创作而去。事实上，这门课也不是讲如何写新诗，而是对20世纪中国新诗脉络的一个粗浅梳理。直到有一天，他告诉我，他在本科阶段就开始创作了。这样的话，他出版诗集自然是水到渠成了。

放暑假前，他就通过微信将诗集的校样发给我，嘱咐我为之写序。因为假期里有点忙，虽无婉拒之意，但一拖再拖。当然，更主要的原因是我对“序言体”写作不是特别熟练，有时竟然不知从何下笔。但是又找不到不写的理由，就将他的诗重读了一遍。

读了王至的诗，我觉得他的诗中有“五四”新诗的影响，比如开篇之作《春日游》就有“新月”一脉的素质，在婉约中显山露水。

绿波间荡起层层温度，

而你像无声的冷月，
湖边含蓄的温情笼罩了你。
与你擦肩而过，
我悄悄的欢欣胜过，
那迢迢不断的春水。

水中的温度，无声的冷月，被温情笼罩的意中人，与之擦肩而过的抒情主体“我”，组成一团情与景的意象，暗自独恋，情有所感，在绿波中荡漾。

诗是意象与生命的重逢。“象”由心生，是语言智慧的表达。王至的诗有时借助外在物象替自我说话，并通过外在景物扩张自我的言说。如《火之夜》的结尾：

我凝望这火焰，
对着绝对同在的安宁，
做最虔诚的祷告。
我会从最高处跌落，
眼光却未离开过宇宙。
在精神的领域里，

有火焰与我同在。

“火焰”的象征意义非常明了，那是燃烧的舞蹈，是萨特关于人生的结论，是存在主义者肉身的炼狱。王至巧妙地通过“凝望这火焰”，表达“此在”的安宁，叙写人的生命无时无刻地与存在主义哲学同在。无论身体经历怎样的磨炼，但精神都如火焰一样燃起生命的光芒。

《孩子的存在主义——献给星空的诗集》是一部多姿多彩的诗集，有写人说事，也有借景言情。从这部诗集中不难看出，王至的新诗创作，有古典诗歌的雅，有“五四”新诗的自由意味，也有国外现代主义技艺的横移。我想这也许是他兴趣广泛、博览群书的缘故。由于他的研究焦点是存在主义与中国现代文学，诗中当然有克尔凯郭尔、尼采、萨特、海德格尔美学思想的影响。所以诗集的第三部分才命名为“我的存在主义”，其“此在”的思辨，意涵清晰。如《虚拟》：

曾在屏幕上被囚禁，
虚拟景象的诱惑。

黄昏照耀出，
这场无边狂欢的卑微，
泪水流淌在空中，
浪子在远方，也在此处。

萨特在《存在与虚无》中说："非广延的概念自己不能有意义，它只不过是对广延的否定。"《虚拟》的主旨不在于虚拟，而在于"浪子在远方，也在此处"。因为被屏幕囚禁的不是真实的景象，而是存在的卑微狂欢，一种无处不在的泪水在虚拟的空间流淌。

这部诗集有许多值得肯定的优点，但也有一些不尽如人意的地方，至于是什么，就留给读者慢慢品味吧！

是为序。

壬寅年戊申月甲寅日草就于昆明正心书斋

（李骞，二级教授，博士生导师。中国少数民族文学学会常务理事、中国作家协会会员、中国文艺评论家协会会员，现执教于云南民族大学。）

目 录

第二辑　飞鸟与百合

第三辑 我的存在主义

第四辑　我是个孩子

第一辑

吹灭读书灯

树荫与湖水，
天空倒映那女孩，
吹乱了风的思绪。
——《春日游》

1 春日游

一朵云在我头顶漫步，
湖畔的我孤独同它一样，
在春山外寻求我的归路。
忽然间的出现，
天空开始亮了，
在我转身的刹那。
树荫与湖水，
天空倒映那女孩，
吹乱了风的思绪。

阳光下的星河，
连绵而灿烂，
像撒在湖畔的一圈花瓣，
她坐在湖畔的边缘，
杨柳与春风皆是配角。
湖面涌起千万朵浪花，
在欢舞中起伏。

绿波间荡起层层温度，
而你像无声的冷月，
湖边含蓄的温情笼罩了你。
与你擦肩而过，
我悄悄的欢欣胜过，
那迢迢不断的春水。

月色照向我的无眠，
伫立门廊下，
望向空茫的天空。
沉思的心灵，
光芒照亮了孤独。

2 光 忆

我用笔找寻你的轮廓，
沉重曾使我辗转反侧。
光拥有永恒的距离，
瞳孔记下动人的时间，
安静藏着怎样的秘密。

该怎样称呼你，
念出你的名字都是冒犯。
只有孤单的夜空陪伴，
将吹动的波澜对着风诉说，
背影里的温度，触摸了春天。

所有的心都躲在你身后，
是在远望着独立，
像天鹅，也像鸽子。
河流在我大脑中流淌，
除了真诚，我一无所有。

转眼间你走了，

只剩下光还记得。

残留于灵魂的记忆，

在我望向天空时，

倒映了整个宇宙。

3 静夜思

静物，飞入杯中的樱花，
遗留着形灭前的影像，
犹如你曾戴过的发卡。
光明，在你触碰瞬间，
冰冷了眼前的咖啡。
心底种下一棵树，
构建最后的轮廓。孤影，
像极了飘落后的枝叶。

走是另一种形式的挽留，
永生的文字将你重新雕刻。
依旧是静夜，
依旧是叹息，
愿黑夜将你化为，
我的一个思想。

4 看不见的路

倾倒，时间我看不见，
如梦的佳期归去了，
是天空的成双成对。
望向我看不清的路，
树林中隐藏多少秘密。

目送着芳尘远去，
华年可与谁度？
久久伫立，长亭路远，
那条路，我看不清。

天涯芳草的风雨，
听风听雨的惊艳，
撒落下满地黄花，
醒过来的日子，
望向那条绵延无尽的路，
往事只留下叹息，
在这条看不见的路上。

5 眉眼之间

一支长篙撑开了波纹，
像极了你眼睛划过的一瞬。
荡漾，是扰动着我心的你，
千万根琴弦在低唱。

疏放的影子藏在树中，
是你睫毛下的轻柔。
低响，夜空的光亮也像你，
梦中也躲在身后。

光把黑夜送给了昨天，
世界仿佛只剩下了你。
刺痛，那是你离开的味道，
雨季的来临在你的眉眼之间。

6 秘　密

你坐在对面，
话语仿若一面镜子，
缓缓创造了一个小世界。
耳边吹过细雨，
气息把灵魂唤醒了。
催促分别，
那嘀嘀嗒嗒的秒针，
背影中的期待，
你的秘密在身后。

一只蝴蝶飞到我的桌前，
脚上沾着蓝花楹的花粉，
倏忽又飞出了窗外，
它成了我的三行诗句。
春天到来之际，
只有黑夜记住了我的秘密。

7 四　月

小雨的空气是朦胧的，
手的温度，在一场离别后，
像谎言一样淡去。
抬头仰望的云朵，
无论诺言轻重，
都摆不出我想的形状。
大漠里拾起一片落花，
灰尘将你的睫毛装点，
下一季将被彻底遗忘。

你带来了这个季节，
轻快的红色，
开始就意味着结束。
语言构成我们的裂痕，
骑士的刀剑像玫瑰的刺。
拖着血的痕迹，远离，
永不止息的伤害，

埋葬了，这个季节的温暖。

我想我会忘记吧，
你带来的这个季节，
会成为这个季节的你。
看不见你的日子，
在想象中完成对你的建构。
雨把答案交付。

8 踏　枝

梦魂，山峦间，
一个身份，
此生岁月的闲暇，
恍然，谜语降临躯干。
闲情追逐时间，
染上所有颜色，
是庄老逍遥的信徒。
惆怅，波涛升起。
镜子里病倒，
在花粉萦绕。

埋下，我的柳枝，
愿它年年常新，
故人，风吹西楼，
帘外是潺潺的月光，
在白昼流淌。

9 梦里重庆

面纱把月亮包裹着，
亮光从缝隙中透露，
在细细的低语中，
颜色逐渐地褪去。
消瘦了这黑黝之面，
攀折回忆的灯火。
笔尖下流淌出阵阵泪泉，
烧去江边的风。

荒岛上漂浮的木筏，
在灰白的天空游荡，
山的外边青山隐隐，
藏着那渺小的我。
黑夜流进了窗帘，
那些我曾画过的花朵，
陪伴我在盛开的路上。

10 鸽　子

黎明的清音，
洒在纯白的大地上，
世界又多了一段故事。
熟悉了一切的曾经，
像粗糙的白桦林，
所有的爱情终将消亡。
远去了，在一片的喧闹声里，
于风中酝酿着所有的苍凉。
我的慰藉是彩虹，
揭开下一场的序幕。

黄昏里的沙滩，
深深浅浅的脚印，
遥远的人群曾经来过。
古老的鸽子飞过，
留下橄榄的清香。
一声声的啼叫，
伴随那长久的无言。

11 部落英雄

没有风雨的迹象，
群山也不在梦里相会。
浩瀚无垠，
那星空里的浪漫，
缺少着一颗闪烁的星。

英雄总要面对，
胆战心惊的命运，
还有那些——
避无可避的软弱。
血样的余晖终会照亮，
照亮眼前的黑暗。

羽毛覆盖于黯淡的族谱上，
在每一个瞬间都把不幸忘记，
英雄的手中还拿着刀剑，
描绘那陌生的语言。

12 苏格拉底

点一盏灯放在灯台上，
一整个大家庭被照亮。
庄严的智慧如潮水，
生命在洗礼中更新。
从个人的悲苦出发，
思想人类光明的境界，
心灵走向无边的旷野。

超越了善恶微光，
在彼岸讲述着风骨。
激昂的文人深刻而玄妙，
点灯者却总是低着头。
胸腔里跳动的心脏，
躺在极致的寂寞中，
被夜半的月光读懂。

13 悔

那人间无法逃避的现实，
以及想象中难以言表的幸福，
回忆装点了所有的存在。
在每个岔路口徘徊，
选择带来所有的悔，
所有暂时的一切已烟消云散。
用永恒的方式去生活，
解构治愈生存的伤痕，
在开始的刹那结束。
我的梦里开满了梅花，
藏着我另外的一个选择。

14 无声的离别

那一年，
我想去看太阳，
看情人的脸颊的绯红。
追着每一阵风，
直到月光泼洒下来。
在光影中相对而立，
忘却身后的烟火，
我们生活在别处。

晦涩的玫瑰，
在雨季缓缓盛开，
照亮了整个季节。
灰色中的点点新绿，
想浪迹在天涯之外，
为了更美的明天，
点燃一整个希望。
雨落在槐树上，
像一场无声的离别。

15 儒家信徒

在凝重的暗夜里，
有一片的竹林，
七位思想者汇集于此。
深邃的诗篇流淌，
血液里存在的信仰。
游荡在深渊里，
纯白的天鹅迈向迷途，
肃穆庄严的行走，
手指已离开了古琴。
庄子的外表下隐藏的，
那炽热儒家的心脏。
人们在记忆中书写，
光明终会到来。

16 先　生

一棵白杨站在先生门前，
无边的落叶把沧桑渲染，
只剩下寒风来来回回。
古卷青灯陪守着暗夜，
世间的一切如同云烟，
只剩下先哲的浩然与淡泊。
在每一场静谧的雪夜，
凝视玉洁冰清的月色。

多少次促膝长谈，
夕阳沉在湖面上，
一缕金光洒在脸上，
辉煌的语言印在心上。
夜幕在清冷的星空垂下，
有一盏灯被思想点燃。

17 渡海乡愁

那是一场悲剧的过往，
从此家乡的土地，
只在梦里一遍遍怀念，
灵魂是个流浪的游子。
没有归处的苍茫，
夕阳下独自饮酒。

花瓣飘零的时代，
一棵树被认真地种下，
繁花迎着阳光，
历史的尘埃终会散去。
那对母亲的思念，
是滔滔不绝的江海。

18 青涩的梦

月光照向的女孩，
是那场长长的梦，
夜晚街道的灯光，
延长思念的距离。
那些幽微的梦，
空气也开始温暖。
我用稿纸构建出，
一片白茫茫的大地。
纸片穿透了阳光。

雾气缓缓飘来，
爱情涂抹得静悄悄。
从未如此渴望声音，
为青涩的梦想，
染上五彩的颜色。
一队蝴蝶结伴，
游进了我的梦里。

19 卧龙的天平

在整个战乱嚣尘之外，
一片竹林躺卧于山冈，
天风涤荡的声响，
是千山万壑的共鸣。
在那片夜空下，
月光同太阳一样，
洒了一地的清辉。
与无数个夕阳共眠，
在乱世大梦一场。
群鹤环翔的幽泉，
唯有琴音能解清愁。
终老于茅庐的此生，
是天地同一的大自在。

我能看见长河，
那奔涌入海的气概，
世界的智慧多么渺小。

烟消云散的残绪，
泥淖中拔擢的光华。
怀着一腔热血终老，
让历史成为历史。

天地呼召了我，
他三次敲开了茅庐，
对着山峦长啸。
羽扇纶巾挡不过，
那命运过早的安排。
怀抱中的清风明月，
在曲终人散中消亡。
无数的人都将与我有关，
征尘埋下了累累白骨。

在整个的余生里，
归去成为我的夙愿，
我已想象不到，
隐居的垅亩民有多幸福。
天道与运数都证明，

徒劳只是命运的安排。

在卧龙的天平上，

只剩下儒家的信条，

知其不可为而为之。

20 文艺复兴

希腊的艺术醒来，
在那个时代的清晨，
无数来来往往的青年，
无拘无束地穿行着，
在海阔天空的境界里。
冲破中世纪的黑暗，
去寻找我的浪漫！

浪漫带着抒情的节奏，
在这个年代绘画，
人的骨骼渐渐清晰，
到自然中去找寻，
新的艺术在崛起。
窗外有一重重的峻岭。
迈入这喧嚣的良夜，
我可以做一个人。

要真正的幸福，
让所有的怀疑合理，
遇见个体的灵魂，
在追寻中相濡以沫。
将所有真理与信仰，
化为审美的境界。

朝露散发着清气，
那光彩不可琢磨，
在书本中学会的呼吸，
激动地发现了个体。
空气中的爱与激情，
把千年的黑暗点亮。
浪漫的时代不会结束，
野草生长在所有的季节。

第二辑

飞鸟与百合

它认真地听着自然的安排，
命运如同原野的百合，
神秘且深沉。
——《飞鸟与百合》

21 窗外月

在你与月之间，
隔着长长的一道河。
凝视，月光笼罩你，
影子在身后偷偷拉长，
时间把距离割开。
命运中那些，
阴晴圆缺的法则，
我不相信。

在秋千下画一幅画，
在你还是个孩子的时候，
画到钟摆都停止了跳动，
画那水中的倒影，
只剩下你和我。

想把月亮做成秋千，

做宇宙的孤魂。

摘下所有的星星，

填满这大大的空隙。

22 飞鸟与百合

我的心是旷野的鸟，
在你的眼睛里找到了它的天空。
飞鸟从不在乎哪片天空可以飞翔，
它认真地听着自然的安排，
命运如同原野的百合，
神秘且深沉。

23 归 路

低垂我清白的耳，
在梦到来之前归去。
孩子的天空是彩色的，
童年埋藏了太多秘密。

洞中窥见了落日，
听觉堆积在手上，
抚摸流动的过往。
不知来时的方向，
不知是否醒来，
栖息在何地的石头上。

伸手抚摸着，
浮华或苍凉的空气，
冰冷或匆忙的燥热，
烦闷追赶，我关不住的心。

空谷间往返，

声音被扔在了耳后，

感受万物的运转，

在梦到来后沉睡。

24 今天

我想象一个完美的季节，
那应该是温煦的春日，
风将细雨吹向了我，
点点花瓣飘落在窗外。

湖边，我打着伞走过，
想把自由送给，
湖畔高贵的天鹅。
雨中的青草伴随，
零落的尘埃，
同无数的过客一样。

阳光下的落花，
倒影布满了整个身躯。
一把剪刀出现，
我书架旁的《离骚》，
一页一页剪碎吧，

散落，成了那千堆雪。

屈原从灰烬中走来，
在白雪皑皑的汨罗江畔，
再一次凝望他的祖国。
走出来，注视着天地，
这辽阔的宇宙与苍穹。

25 九月七日夜

星空，
黑夜，
窗帘遮住了，
一声轻叹的疲惫。

星河弹奏着思念，
于旋律里跳动，
我把你的声音，
加入夜的沉默里共鸣。

26 客 烟

客子光阴，花明月暗，
廊下无数次回眸，
等待消磨的黄昏时。
才子从诗卷里走来，
烟织起了一张网，
挡住山与天空的朦胧。

草色映帘处，
多少个愁绪满怀，
在颠沛中走向衰老。
日暮乡关的客子，
没有归途。

烟花巷陌，别人的狂欢，
烟柳画桥，与我无关。
只盼着春天到来，
杨柳把烟雾堆起，

我才敢望向，
庭院深深的佳人。

火炉里的冬天适合想象，
故乡不存在的繁华。
把衰草凝绿的寒烟剩下，
熄灭万家灯火的烟雨。
刹那，空回首，
高楼远望，
在黄昏的最深处。

27　破晓之前

远方的海鸥成群结队，
向着太阳飞去，
在光明到来之前，
第一个被照亮。
种子等待着发芽，
把美好埋在土地下。

水面上的光影，
照亮时代的洋流，
美德运行在大地上，
连梦都是甜的。
当最后一片阴影被照亮，
静默缓慢旋转，
永恒的光明在你我之间，
净化世俗的情爱。

28 树上的果子

我想摘下大地的礼物，
把希望挂在天空。
重重叠叠的影子知道，
那些最为美好的梦。
我不想成为一把镰刀，
因为它没有对爱的向往，
冷冷地执行使命，
像所有的工具一样。

泥土的松软将生命孕育，
我爱所有的生命，
尤其是柔弱的一切。
秋天是收获的季节，
我会抱着树上的果子，
满脸幸福地沉睡。
在我沉睡的梦里，
满地都是我的童年。

29 中秋遐想

我将彩云涂抹上秋色，
像云南将妩媚连带春天，
种在大地每个角落。
回忆里的我，
都市里匆忙的背影。
飞絮蒙蒙，擦肩而过。

我想在花的国度里孤独，
这样的孤独没有寂寞打扰。
我是这片彩云的过客，
凝望重庆的灯火，
那里是我的星河。
佳酿已来到桌前，
红晕在梦中闪烁。

30 读书之乐，或反讽

把岁月种成一张睡莲，
躺在一整个温柔里，
那是从头到脚的幸福。
我的书有山的高度，
指向我生命的每一秒，
陶醉在时间的长河中，
向着先贤的高峰迈进。

在阅读中，
与伟大的心灵对话，
头脑孕育着新的思想。
没有时间悲哀与流泪，
田野里也充满了希望。
读书人的梦是晴耕雨读，
如今已能轻易实现。

每一个被浪费的瞬间，

都值得被珍惜。
只有一次的生命，
不会再被情绪左右。
时钟唤醒我的渴望，
在翻向下一页书之前，
关心窗外的生灵。

有书陪伴的岁月，
是青春最好的装点，
人间已是春色满园，
而书房却似四季如春。
海边的天空是自由的，
读书人的心灵充满阳光。
在浪漫的海边，
读着温暖的书。

31 见 证

我清楚地看见一棵树，
那身影里埋藏着祝福。
在无数条河流的尽头，
是不舍昼夜的生生不息。
红色幕布留着最后的惊喜，
那是一场盛大的婚礼。

苍老的山在祈祷，
为这世间所有的物种，
愿生命之火熊熊不熄，
循环一整个生物圈。
村里的烟囱升起青烟，
在幸福的歌声里，
星空是这时代的见证。

32 春 思

海鸥把春天定格在梦里，
池塘里长出一颗种子，
生命有诞生的潜能。
烟雾笼罩整片池塘，
从此多了一个秘密，
在黑夜到来之前。
千万里外的家不是归途，
每个生命都存在于历史，
在绽放之前积蓄。
睡不醒的那些夜晚，
一次次思考着宇宙。

33 单个的人

我的精神开始一场漫游，
走在一条孤独的路上。
重重的雾霭把虚幻降下，
我想邂逅那单个的人。

在黑暗的瞬间里相遇，
每一份渴望都带着欣悦。
曾经的困倦与沉思，
如潮水一般退去。

你只是站在那里，
站在我目光的驻留之处，
那是一片的静止之所。
飞鸟的翅膀轻轻划过，
世界好像只剩下你我。

34 火焰

在血液里流淌的一切，
灵魂印出你的样子，
像所有追求真理的人一样，
土地是你最初的历史。
有多少诗人凝视着你，
像凝视着亲人的眼睛，
在物我两忘中升华。
围绕着你无限的狂欢，
原始的舞蹈灌注生的自由。
我们深深地领受着，
自然永恒的温度。

35 先　知

穿越沙漠的羊皮卷，
古老的神话一代代传讲，
软弱的人也值得被爱，
像太阳照耀的恩慈。
老人家预言着神秘的未来，
温柔地触摸着疲乏肉体，
让躁动的灵魂得着安慰。
预言的奥秘里藏着圣洁的光。
战马的嘶吼奔啸而过，
留下血滴的声音。
戛然而止的盼望，
那场悲壮的失败，
隐藏在黄沙之中。
死亡不是人间的终点，
在喃喃的低语中，
先知安慰了一代人。

36 丹麦牛虻

为受苦与哀告来到人间，
在非此即彼的悖论中呼喊，
你要把那真理紧紧攥住。
在那片心灵刺向的天空中，
激情燃烧了血肉的躯壳，
你拥抱着所有真实的个体。

钢丝悬于万丈深渊之上，
只有不确定的存在才会摇摆，
你将诗意地书写哲学。
你剑锋所指的方向，
藏着苏格拉底的目光。
在幽暗的角落忍耐持守，
爱是最真实的盼望。
我相信你也愿意被抱住，
那温暖是你阴郁的救赎，
爱情在你转身的刹那。

37 尼采的一生

所有的钟声都是丧钟，
在祷告中永远回到家乡，
朝生暮死的生命如梦一场。
敏感而坚强的心灵绽放，
是酒神狂欢后的怒吼，
哲学以诗的方式划过天际。

对生命的那些信任消失，
但我依然决定爱每个人，
就像心底藏着背叛的情人。
人生长路上可悲的真相，
预感那无边的黑夜降临，
残酷得让人忍不住热烈拥抱。

在童年的岁月里追求孤独，
与满天的响雷和闪电做伴，
紧握双拳直视那大自然的怒吼。

阅读歌德的眼睛敏感而深邃，
面对荷尔德林的忧郁，
向着太阳决定最后的疯狂。

一朵浪花将狂风掀起，
爱的火焰燃烧成智慧，
意志是最后的意义。
我习惯于本能地爱，
拥抱所有迷失的生命，
把所有悲观的情绪踩在脚下。

牧师带领人们离开宫殿，
智者只教大家谋取财富，
皓首穷经的学者借荷马的诗篇，
扎实得遮掩住自己的愚钝。
庸俗的人小心翼翼地证明，
那些无意义的工作是正当的。

打碎书斋沉重的天花板，
快点对着太阳高喊吧！

自由啊！我要真正的自由！
不要做那专业的牺牲品，
要用肉体感触自然，
亲吻着每一寸的皮肤！

我在我的哲学是真正的人，
无形的荒野与山洞将我包围，
我要朝着真实的它们奔去。
所有的友谊都会离我而去，
我不愿成为任何人风雅的附庸。
一切的偶像都要被打碎，
因为眼前的沙漠一无所有。
我要逃避死亡的阴霾，
从此走出象牙塔开始漂泊。

对着古希腊的方向敬拜，
陶醉在一场场悲剧的路上，
双眼可以直视黑暗的恐怖。
我要做一场春秋的大梦，
梦里我坚硬的艺术指向真理，

真理的面具将被完全刺破。

把那上好的美酒拿来，
我要醉倒在人群中，
我要揭穿一切的伪装，
我要嘲弄神圣的法则。
卷起尘土开始狂歌滥舞，
唾液打湿的嘴唇吻向了大地，
整个宇宙都是我的情人。

我会站在生命之上，
纯粹的审美是神的视角，
爱情与死亡永远相伴。
英雄的肌肉充实而饱满，
乐曲的旋律更是充满力量，
英雄的毁灭得轰轰烈烈，
但生命本身永远不可被摧毁。

人类只是永恒手里的玩物，
随时面临全面崩溃的恐怖，

万物的轮回是场巨大的痛苦。
我兴奋而紧张地面对死亡，
人生的魅力正在于短暂。
同大自然一起永远不死的人，
也会同自然一样麻木。
同诗歌在一起的日子，
我可以忍受做一个人！

我深深地刺痛着，
漂流中孤独的滋味，
发出最后的绝望的哀叹。
没有人可以再走近我，
我多么渴望一次盛大的拥抱。
站在善恶的彼岸，
我的孤独化成了诗句。
我用这最后的激情呼唤，
呼唤出真正的超人！

在旷野的雨滴中，
存在的秘密向我缓缓展开，

一行行用血写下的诗歌，
是最幸福的绝唱！
我要战栗在这欢乐面前。
金色的雨滴划过脸庞，
在朦胧中又一次醉倒，
这一场梦里我永远沉睡。

38 诗意的大地

大地由无数场辛劳组构，
尘土中蒸腾起盐的味道，
千百年来的历史言说着，
人类诗意的生存方式。

灵魂对着天地敞开，
把自由的呼声喊向天空，
无数的歌声见证着，
大地上诗意的生命。

天空有那无声的召唤，
澄明的境界向艺术彰显，
在多少苦难之中，
心脏被缓缓地点亮。

短暂的物质与精神，
借着一瞬间的光亮，

强烈的情感在自然中，
缓缓流淌在笔尖上。

每一个动人的岁月，
藏着无数双渴望的眼睛，
心智的果实生长，
躺卧在大地之上。

39 相信爱情

每当我想到你，
就已濒临话语的悬崖，
只愿将自己层层展开。
想在你的眼眸里，
把我完整地摁进去，
让你看清我的真相。
我的精神是墨水，
血液化作的诗行，
在一脉脉山水之间。
精神奔向的宿命，
还有多久能看清答案。
我在无数的云雾遮蔽中，
寻找你我之间的朦胧。
你是无法反驳的盼望，
在黑夜里隐秘的痛苦，
比最深的苦楚还要孤独。
相信是未来的唯一力量，
期待本身已经足够。

40 光明的理想

窗外的黄昏演奏，
是我心追怀的过去，
多少戏剧的谜底，
时间带走了故事。
童年的伙伴聚集起来，
每天换着不同的游戏，
在幸福的年代里，
我的理想是光明的。

在奋斗中昂首向前，
不为每一次失败哀哭，
电话的那头牵动着思念。
幸福是奋斗出来的，
奋斗本身已经足够幸福。
时代将我们唤醒，
未来在我们的手中。

这个时代没有救世主，
每个人都是英雄，
渴望那一双黑色眼睛，
凝视内心的血流。
还想拥有强壮的心脏，
把理想的旗帜高高举起。

理想永远不会退潮，
青春长留在心底，
在每一个静谧的夜里，
心里装的是明天的太阳。
究竟谁更加幸福？
我们心里有了答案。

41 火之夜

眼睛注视着火焰，
心灵融进不规则的舞蹈，
永恒投射在身后。
那最伟大的尊严藏在，
无垠的宇宙上空，
脆弱是自然的恩慈。
我们抚摸真理的影子，
虚空从手中溜走，
那是人类的宿命。
相信浪漫主义的宣言，
在思想的陪伴下沉沉睡去。
萨特的结论——
人只是无用的热情。

辛勤的忙碌与消遣，
无聊的一切填补，
心灵有着大大的黑洞。

灯把热闹与纷扰点亮，
火被人遗忘在黑夜里。
盛大的娱乐里装着苦难，
可悲之中最大的可悲，
死亡在不知不觉中降临。

我凝望这火焰，
对着绝对同在的安宁，
做最虔诚的祷告。
我会从最高处跌落，
眼光却未离开过宇宙。
在精神的领域里，
有火焰与我同在。

42 士的风骨

传说那最深沉的夜晚，
会出现血红的月亮，
刺杀着满天的繁星。
在彼岸的深渊里，
漫长的荒漠埋下枯骨。
无法倾诉的人间苦楚，
冷酷刀锋下生命湮灭，
价值的荒谬颠倒了黑白。

独与天地精神往来，
士从历史中走来，
他们带着各样的面具。
在黑暗中质问苍天，
致命的虚无摧毁的，
在废墟中重建。
那焚毁生命的热情，
继承燃灯者的使命，
这是人类的尊严。

43 彼岸的蓝花

那些令人陶醉的爱情，
把一切的欢乐建在人间，
尘世里唱出夜的颂歌。
不可名状的喜悦，
大脑的激奋突然来临，
大地的坟墓化作云烟。
在触碰指尖的刹那，
是超越死亡的永恒。
幻想只留下一块石头，
见证那曾经的界碑。

在梦里周游世界，
探索精神的深度，
像神秘主义那样内省，
在持久的凝望中醒来。
我要建造一个世界，
去扩展无限的个体生命，

去否定一切的终极意义。
终于片段代替了整体，
想象之中的爱与信仰，
是一场狂热的荒谬，
更是人间真正的危机。

彼岸的世界有一朵蓝花，
在超验的结构中完美。
诗性的审美解放了，
早已被物化了的精神，
自然的本质悄悄展开，
人格恢复了完整。
天边燃起一道彩虹，
我看见了恋人的脸庞。

44 复　活

文字的发明开启了思想，
时间失去流逝的能力，
哲学同诗歌一同赴死。
神秘的虚无是大地的馈赠，
人类渴望此在的澄明。

言语的光落在无言的黑暗，
白露冷冷地流过脸庞，
死亡是与生俱来的恐惧。
直觉，生生不息的力量，
所有的不确定都有一个家。

在没有诗的战乱中，
我渴望诗人的复活。
心灵是光与暗的战场，
生命被时间的病毒吞噬，
诗性的永恒却走进了历史。

第三辑

我的存在主义

此时，一个孩子被唤起，
朗诵了一首古诗，
第无数次的表演。
——《自动化时代》

45 半首诗

如果所有的故事，
都剪成一半，
那剩下的只有浪漫。
自然把风的声音奏响，
高潮，时间戛然而止，
无法抵御的诱惑。
不被阻隔的死亡，
在憧憬中把你挽留。

存在，迈向未来的步履匆匆，
被怜悯的生命才有资格，
在合适的时间，
走向故事的结局。
未说完的那句话，
就像与我对话的每个人，
有无限的可能。

46 苍凉

眼前的金色，
炙烤着我的胸膛，
流淌下的斑斑铁水。
枯叶，乱石，黄沙，
我是在苍凉的戈壁，
周围轰响着孤寂。
我可以将眼睛射入太阳，
让它在烈火中毁灭，
那是我陶醉的颜色。
奔跑，光明的黑夜，
做一个苍凉的梦。

47 将军与祖国

孤鸿海上，
黄河渡口洗礼。
长枪依依，冷。
献身祖国的将军，
门前迎接，
是必然的死亡！
向着八簇死火发出挑战，
一命归天，宿命。
黄昏，乌鸦，死亡，
残忍的黄色吹出，
飞天的号角！
祖国，我的祖国，
被抬入了太阳，
延续了你我千年的约定，
光荣——
将军将被太阳铭记。

48 酒　精

一点味道是空间里的亮色，
存在或不存在的岁月，
在气息中绵绵缠缠。
遥远，是距离发出的细碎声响。
中间的那股气节，唤醒，
刺一般带来疼痛的醒悟，
一切渐渐消失在我眼前。

岁月慢悠悠地改变着记忆，
不在场的一切影响着所有，
空气吹入眼睛的凌厉，
像云彩的慢动作。
水下的波纹慢慢潜入水底，
命运的盖头不知要等多久。

49 空寂书房

清脆声落下了花瓣，
历史流过一个春天，
岁月，想象潺潺流出，
唯有镜子道出了心事。
独守那最后的天地，
是站着的那片空间。

书脊在黑暗里苍莽，
血液残破，渗出，
一片的孤独境界里交织。
低声细语，那是我在停顿，
浅浅脚印，证明了来过的痕迹，
消失吧，这片躯壳的命运，
转眼成空，最后的低语。

50 瞬　间

黑暗把冰冷，
照向玻璃中的水草，
虚拟表演着一切，
平凡的人热爱激情，
冲刷走了一切，是海水。

暗夜里，秒针划过，
数亿星辰见证，
思想的微光熄灭，
想念的火苗燃烧。
我存在着，对抗时间。
消磨着关怀的勇气，
世界给我思考。

漂过我内心的湿润，
印下最后的轮廓，
是此刻的你让我存在。

51 晚霞

地平线升起温润的红布，
无数个青春与夕阳，
映照绯红的脸庞。
蒸汽小心翼翼地上腾，
光圈的倒影缓缓飘来。

海边的居民早已习惯，
在珍珠般的梦境中睡去。
黄昏卧倒在美酒中，
醉倒了一片天空。

浪漫主义者露出笑容，
缓缓走近的身影，
迎接属于他的光明。

52 微 光

摇曳的温度，
何年开始了闪烁
断断续续地丈量了，
这用墨水堆积的烛台。
梦，一次次沉睡。

一条大地流浪的狗，
或是一群赤子的离家。
天地与自然，
死亡的口袋开启，
黄河与长江之间，
微亮的黎明点染。

弦歌在苍莽天地中，
斯文的哀叹与黑夜同奏。
微弱的光被埋葬，
赠送给下一个时代，

梦里燃起熊熊烈火。

舞台演出了无数悲剧，
震撼的艺术击中心脏，
情节与人物再现，
幕布拉起，微光依然在摇曳，
还是同样的温度。

53 温　度

听风听雨的岁月，
月亮牵过我的手，
缓缓消失的过去，
泥土把痕迹掩埋。
黑夜里的猫头鹰，
冰冷的咖啡消磨了言语。

没有休止符的音乐，
蹚过一池春水，
脑海里的建构光的记忆。
东流的时间飘来温度，
我独自保守一切，
埋在了掌心，
蔓延出我的诗句。

54 五三惨案

黑色浓妆，
这天空被涂抹。
烟尘跋扈，
那大地被铺满。

看呐！
肮脏的大明湖畔，
羸疾者在哭，
没有肩膀可依靠，
凄凄惨惨戚戚。
他们的眼泪，
流入趵突泉，
流向千年的泉城，
留下斑斑点点。

看吧！
在天空与大地，

死火焚烧，

历史也在颤抖，

死亡肆虐，

古旧的躯体扭曲，

那千佛也在流泪。

古城里，

七十二泉汩汩流出，

不是离人泪，

是中国人的血！

55 舞会悲剧

记忆扭曲于时空，
希望悄然退场，
血肉的躯壳不再完整。
飞跃，万丈空虚在等待，
一遍遍学习着死亡。

有的人扭着舞蹈，
换了节奏也戴着面具。
有的人天生就是交际花，
顾客争相来打扮她。
有的人已不在场。
不流血的狂欢，
破碎万千梦中的少年。

时间在绵延，
时间不再可能，
时间，那可笑的经验。

自动化的人生忘却了炬火。

天空号叫着，天才爆发，

划破天空唤起惊雷阵阵，

他死在了舞会里。

56 习惯的语词

重复，是不熄的灯草，
乌鸦遮蔽了相见的距离，
把水瓶打翻在我们面前。
一遍又一遍地丧失，
意义的含量减少，
像枯干的河流，
早已堆积成山。
当火苗不再舞蹈，
不熄的火已经沉睡，
千万句话汇聚，
无言的沉默。

57 小 雨

宁静的伴奏响起，
将流年缓缓融化，
旋律在青石板流淌。
窗前诉说，在天空里，
那雾一般的水滴落下，
折射成灰色的声响。

电静静地抚摸大地，
春天的浅睡被惊扰，
万千风声落下。
雨滴拍打在脸庞，
小小的雨滴，
成就了自己的存在。

58 虚　拟

光在黑暗的浪尖冲刺，
沉没在银河深处。
遗忘，迟钝思想的锐气。
快感包裹起肉身，
海平面哭泣，
摇荡肤浅的光影。

曾在屏幕上被囚禁，
虚拟景象的诱惑。
黄昏照耀出，
这场无边狂欢的卑微，
泪水流淌在空中，
浪子在远方，也在此处。

59 遗 忘

贝壳在海边睡下，
风将纹路敲打着，
清晰地流淌，
沙砾渐渐掠过。

望向了天边，
是回忆发出了声响，
掌纹里岁月沉浮。
包裹天地，你手心的重量，
尘土间的虚空将我包裹，
成就了这粗糙的作品，
一颗古老的心脏，
伴随着大地老去。

60 异地恋

那时，世界的一切都是爱情，
每一个醒来的瞬间，
黑夜的背影或者橘红的桌椅。
时光在我手中浪费，
每一个秋天都一样，
而我们，并不存在。

后来，你曾在我身边，
细碎的言语灌满生活的角落，
无数的回复就像设定好的程序。
匆忙地相遇与吻别，
建构每一段岁月的意义，
而爱情，已经不在。

61 炸　鸡

童年飘来的气味，
是没有终点的生活，
认不清的字没有杂质。
朦胧的灰尘躲到回忆后面，
风与月都与我无关，
隐藏，本真存在的火花。
舌尖卷起了倒带，
眉头与心头的牵念，
油里滚烫的创造。
谁会为此幸福，
谁又真视本我的爱。
在梦里，我只是客子，
贪欢了一个钟头。

62 自动化时代

我不想庸俗地浪费生命，
以及不加掩饰地去沉沦，
我要于世间匆忙的身影里，
站出属于我的姿态。

虚假的高贵，
在想象中构建情调。
文学与历史，
艺术与音乐，
美妙的谈资在酒杯里发酵。

此时，一个孩子被唤起，
朗诵了一首古诗，
第无数次的表演。

63 埋葬的火

城隍庙里传来了几声，
香火的声音嘹亮。
木头与铜器堆积，
建构起欲望的偶像。
火焰燃着遍地的黑暗，
像冰冷的人心，
自己画了一个圈。
跪下的声音清澈，
回响了几千年，
习惯成了文化。
地面的尘土埋葬，
多少功名与财富，
随着香火留在了地下。

64 等 待

把一切熬成废墟，
等不到目光所及的彼岸。
沙漏将每一滴水榨干，
希望，无所谓的态度。
无法点击的进度条，
过去与未来都已不在，
今天是我最后的稻草。
摇晃的田野构造，
我大脑的每一道沟壑，
随着夕阳升起，
一把把橘红的刀子。
无论什么结果，
都有这结束的一天。

65 雪

该怎样形容你，
在世界的空白处，
来去匆匆，
大地的温柔，
赐予融化的冲动。
在心中刺绣图腾，
命运的墨水泼洒，
是重复无数遍的结局。
在细微处深刻，
无人会的苍茫，
透明的血液白白流淌。

飞腾是另一种命运，
你看不清的种种，
绝望反抗着孤独。
精细的纹路不再哀求，
我是自为的存在。

惊魂砸向整片大地，
迅速消失在旷野，
我就是雪。

66 短暂的今天

我们享受着，
时代赠予的所有礼物，
世界在不断地加速。
沉迷的一切乘风而起，
所有的陷阱都在眼前。

我们贬低着，
爱情纳入的物质考量，
利益成为诗人的追求。
时代抛弃了信仰，
这一切都如此地理所当然。

语言被叛徒出卖，
把绵延的河流污染着，
大地逐渐失去了盐味。
那无知的今天，
带着灵魂走向了深渊。

生命本该相对而视，
在物我两忘中忘却时间，
是敞开了一切的爱的作为。
这个时代的灵与肉，
如同人类的历史，
需要被改写。

67 诗人的坟墓

迷雾漫步于栅栏间，
一张张朦胧的网被织起，
眼前是一道清秀的紫色。
山的尽头埋葬了累累白骨，
碧绿色的坟墓里住着浪漫主义。
那些天地里倔强的梦，
红色的血液燃烧，
有谁听着那愁绪满怀的过往。
伫立着直到夕阳落下，
高楼是关不住飞鸟的，
周而复始的见证，
在一层接一层的黄昏里。

68 信

指尖划过伤痕，
在窗外等鸽子的讯息，
倾听沉默的声响。
想去希腊看悲剧，
脑海里飘过的字句，
是灵魂净化的开始。
当人类开始负重远行，
隐忍在火焰的洗礼中，
大地逐渐难以辨认。
漫长的思念无法挽回，
荆棘遍布的一切，
只留下想象中的爱情。
浪漫开始与自然无关，
卢梭在黑夜中醒来，
写下一行行家书。

69 无数个远方

精神从远方的河流袭来，
悬空的羽毛飞掠大河之上。
无数个星座循环往复地见证，
在大地之上那精神的消亡。
影子有无数种死亡的仪式，
火焰燃烧的烟雾是远古的图腾。
万物通过存在见证了世界，
所有的生命都呐喊着存在。

弱小或是强大的呼喊，
对虚无发起最后的总攻。
我拥抱，那与我有关的一切，
不对弱者的死亡熟视无睹。
用血液温暖钢铁的森林，
用子弹去拨那最后的弦，
让如泣如诉的音乐升腾，
对着大地弹奏我最后的声响。

70 枯 叶

沉睡，在一片黑色中，
生命的定格，
艺术的惨案现场。
曾经残缺的生命，
以一个整体的姿态对话。
古埃及的法老，
借着木乃伊横跨千年，
不再有灰飞烟灭。

在整体中剥离，
逃离同类的宿命，
你心里的那道光，
自由，面对永恒的力量。
你不知道掌纹的历史，
它曾经丈量过你的过去。

71 另一个我

在时间的那头，
月色笼罩的黄昏下，
我看见了另一个我。
温润的空气中，
我看见了他的艰苦。
海浪吹过那身躯，
清晰可见的伤痕，
向着命运低着头颅。
一群蚊子飞过，
月光也被遮蔽了，
没人知晓这殊死的搏斗。
那直视太阳的勇气，
终会高过无能的力量。

72 怀 疑

除了象征与神话，
还有什么能表达信仰？
有限的现实无声地超越了，
无数次沉默的关怀。
存在是无限的激情，
精神的流浪没有止息，
此岸的我已经走远。
无法感知的那一切，
剩下的只有怀疑。
尽心侍奉每一条真理，
像所有没有尽头的人一样。
每一次错误的理解，
毁灭同治愈一样冲动。

73 向死而生

那是贫困的时代，
“二战”的炮火盖住信仰，
光明的形状已被忘却。
人在世界的瞬间学会，
那诗意生活的艰难，
诸神已经渐渐远去，
诗人敞开着思索存在。

人们早已忘却，
或是不愿承认，
人都是要死的。
死亡像一个谜团，
掩埋痛苦的秘密，
一场声嘶力竭的爱情。
语言是歌者的火炬，
那是大地的痕迹。

在天平上行走，

一场伟大的冒险，

向着纯粹敞开了一切。

用生命抵挡着技术，

意义写在了山水间，

在物我两忘的境界里，

从万物走向自己。

74 写诗者的自语

我面对世界的荒谬，
以及逐渐沦丧的个人，
在语言与生命之间徘徊。
我对着纯粹凝望，
行走在道义之外，
眼望鲜血凝结成诗句。

幻想构建的砖瓦，
是故乡的乌托邦，
回乡是诗人的使命，
但诗人必须流浪。
恒久的深渊横亘于——
人间苦难的旷野。

灵魂深切地盼望，
盼望一碗水的温情，

火焰的泪水滴落。

终究迎来一场大雪，

白色的灰烬已不见。

第四辑

我是个孩子

骑着我的马，

在渡口边歌唱，

大家都想做个孩子！

——《我是个孩子》

75 白　鹤

轻轻地，回音撩动了心思，
潺潺又滔滔，这流水的姑娘。
揉碎，发丝是河的奏鸣。
戛然而止，生命的悬停，
绿意遍布，你心冷如鹤，
飞翔的白鹤，连衣裙在骄傲。
肩膀，命的音乐紊乱，
空间里，找不到河的方向，
孤独的鱼，掉进了水缸。

76 庸俗的爱

风中酝酿，
想起你的每个瞬间，
学会了藏在内心的诀窍。
渐渐，丢在了旋涡里，
磨去疯狂的棱角，
只剩下苍白的你我。

思念需要被伪装，
重复而孤独的自转，
找不到公转的方向。
那漫天的雪花，
是怜悯的答案。
我们的交集仿佛碎片，
飘散眼泪与黑夜。

77 奔跑

太阳照耀着大地，千年。
叹息，轮回的作品，
彗星拖着长长的尾巴，
刺穿太阳的光芒闪过。
狂风奔袭于蛮荒，
火把被我高高举起，
像在迎接你的到来。

那是烈日下的狂奔，
生命的脉搏起伏于此刻，
在我凝视你的刹那。
我的心灵是火焰，
划过整个复兴的时代。

终于，
玻璃破碎成了水，

黑暗是最终的归宿。

爬入夜的窗栊，

闭着眼睛也能见你如歌般的影子。

78 不必要的事

一挺长枪袭略我头顶，
躲开并反抗是我的必要。
一群仰望星空的孩子，
被告知回家读书是必要的。

当一些远古的人开始思考，
他们做了不必要的事。
而那些必要的事，
日出而作，日落而已。

79 不存在的爱情

冬季的到来，
在开始与结束之间。
保持着恒温的时间，
妄图握住岁月的掌纹。
我抚摸熟悉的大地，
爆发热泪的呐喊。

灵魂被岁月撕扯，
六片晶莹的碎片，
让我失去了，
乡愁的资格。
我不知哪个是我？
如果时空被超越，
那建立起的关系，
是否可以永存？
在自由的概念里，
我渴望着羁绊与束缚。

刻在我的思念中，
是你在的所有瞬间，
让黑夜也变得可爱。
我们的结局，
是飘荡于宇宙中的孤魂，
等着心灵毁灭的一刹，
足够埋葬所有的传统。

我永远存在，
思念你的每个刹那，
是永恒的证据。
唯有自由的爱情，
才可以放肆存在。
我想束缚在你的眼神里，
这是我为你做的一场梦。

80 初　见

你在我的时空里插叙，
像一道谜语一般，
轻轻吹过湖面。
那注目的云之轻语，
映影在我心的悬崖，
刹即为永恒。
你的光，如此耀眼。

我的心中有流星，
划破天际，留下伤痕，
就像你走过身旁一样。
模糊的眼睛前，
一闪飞光掠过，
这个春天是你的名字。

你走过声音的波纹，
是宇宙的风声，

是夜的低语，

是桃花落在水面的轻盈，

更是梦里的光辉。

而我拥有的朦胧，

只有一个背影。

81 笛　声

玉笛清音，
伴着风过杨柳的清响，
像一个孩子的心动。
细雨吹向了夜色，
把一切掩盖得刚好。
高歌，用嘶哑的嗓音，
应和滚烫的心脏。

轻叹与低吟，
在山的那边响起。
像幽静的绿色，
与白云相互唱和，
笛声里有桃花，
是春天的开始。

82 东　风

借一阵东风，
只想把这杨柳吹动，
心灵聚散间，
无可避免的忘记，
是匆匆的过客，
也是淡淡的闲愁。

烟雾朦胧，
飞絮映衬人间聚散，
飘荡在携手的刹那。
离别倒计时开始，
江南梅雨季，
背影飘荡在风里。

83 隔 空

在沉默的空间，
原初之白渐渐远去。
时间的河流，
往日抛洒的泪点。
路的那头，
你宣告了，
整个青春的死亡。

数千公里的距离，
重复的倾诉与沉迷。
刹那间，消失在火光中，
蒸汽弥漫成虚空，
阻挡我的目光，
是望向你的瞬间。

84 归　校

丝绸戴上了模糊的眼睛，
红色包裹住我的心脏。
鼓点随我的脚步里铿锵，
那间我能望向你的教室。

雨沸腾化作蒸汽，
是登楼看向远树的烟雾。
企鹅眺望着北极，
留下孤鸿黑色的影子。

我一遍又一遍，
反复吟诵为你写的诗。
我是在翻阅着，
所有你不知道的一切。
对沉默的你而言，
没有事在发生。

85 孩子的无聊

你静默着，
坐在我影子的那头，
空气中暗香浮动，
那是蜡梅的清香。
这一朵粉红的蜡梅，
在小河边开放，
呼吸出暖流，
吹化了桢木的积雪，
也吹开了，
我心头的春天。

86 回　忆

泡沫铺满了路，压抑，
改造，虚假发出了呢喃，
模糊，成就最后的眼泪。
容颜啊，都散去了，
记不清的千回百转，
只剩那一刹礼貌的温情。

刀锋雕刻，一笔一画，
在冰冷的热情沸腾，
蒸汽飞扬在你我之间，
真诚？不再提起的过往，
催促的脚踪，
在哪个角落成就？

87 交汇的影子

我的影子，
在残缺的月色下，
横斜在你的面前。
它醉倒在你面前，
芬芳或者温暖，
我不知道。
只听见——
与你身影交汇的一刹。
而你，这朵粉红的蜡梅，
用你的光芒，
把身前的黑暗点亮，
也点亮了我如墨的身影。

88 离 校

梨花开遍所有的云彩，
为了一场离别，渲染气氛。
纷纷飘落，是花瓣在凝视。
像梦一样飘在云里，
找不到关于你的线索。

油墨散发着知识，
也曾陪伴你度过月色苍茫。
抚摸着书脊，
像在寻找你的线索。
世界在灯光下变小了，
飘落是天空的秘密，
梨花千朵万朵，
只你成就这片蓝天。

89 另一个世界

掌纹下的晨光，
滴淌着墨色的眼泪。
南方的天空，
从没有她的颜色。
溪水旁的倒影，
星空的颜色被复制。
屈原的警告，
前方是悲剧的倒影，
而我看不见你。

蜘蛛的狡诈，
罗网是命运的颜色。
猫在飞翔，
杨花点点的雨季，
你仿佛在我身后。

90 绿

一块新绿破碎，
阻隔天空的阴影，
大地是绿色的。
蛛网编织起细密，
树叶暧昧不清。

风，藏在匕首里，
坚韧，命运的颜色，
树叶失去了信号，
吸收光的颜色，
一次呼吸一次告白，
你听不见。

交出眼眸里的绿色，
化作梦里通向你的桥梁，
掩埋吧，绿色被遗忘，
被遗忘在远方。

91 清　水

眼神，

不动声色，泠泠淙淙，

流进幽深的山谷。

冰冷的石头上，

回响着的，

是天鹅的呼喊。

我抬起头，

以仰望的角度，

朝觐与臣服。

足音，

于方寸间游荡，

蘸了水的白面馒头，

游过溪水的清冷。

浅斟低唱，

玄鸟在空中游荡。

我埋下头，

大雪纷飞，

葬了一池春水。

92 童　年

我曾在童年与她相遇，
她穿着黄色连衣裙，
轻轻走过我身边，
她说她会一直在我身边，
就像我们都会长大一样。
我那时坚信如此，
从未注意到被偷走的时间。

我曾在梦中与她相遇，
她把额头靠在我的肩膀上，
没有再说一句话，
命运引领着我们彼此忘记，
就像冬天终究会来一样。
我那时只想着她给我带的零食，
现在留下的只有满心的愧悔。

93 我是个孩子

遥远的水帘洞，
燃烧太阳的马棚，
在人间立下取经的约定。
一匹马来到人间，
它用琥珀似的眼睛见证，
师徒四人的跋涉。
白龙马的心开始狂奔，
它也想心游万仞，自由舒展。

它想做个孩子！
汗水顺流而下，
期盼，是你的细雨。
望向菩萨重重叠叠的眉间，
那一瞬，藏着永恒。
是小鹿或者蝴蝶，
你从预言里走来。

骑着我的马，

在渡口边歌唱，

大家都想做个孩子！

94 夜幕降临

你在我的思念中，
悄无声息得存在着。
你能听见吗？
我多想对你喊出你的名字，
只有在梦里我才敢，
千千万万遍重复着发音。
我知道所谓单恋，
就像在星空里呐喊，
喊出被时间遗忘的空虚。
我们的命运已经写好，
所有的汗水与你我终究成灰，
但你依旧住在我心里。
一切试图让我幸免于你的努力，
徒劳得像一场梦。
无声又无息走过，
我的心已随你远走。

你在我的思念中，
一只柔声细语的蝴蝶，
飞过我忧伤的秘密。
就像逐渐远离的你，
我的呼吸追不上你。
离开吗？沉默是我的语言，
爱的隐秘如夜空般静美，
你无意间望向了我，
那一刻的星星，
布满了所有的夜空。

95 呓　语

黑夜与黑夜，
成了朋友。
我想你的时间，
不愿被黑暗拉入，
呓语，是唯一的选择。

你无意。你，真的无意。
碎了，星空下的诚实。
我一身污秽，但也不算肮脏。
这真诚纯洁如海水，
见不到你，命运注定如此。

星空的梦，被冰冷淹没。
夸张是爱的独白，
无言以对，这爱永远，
不说永远。

96 醉眼蒙胧

依稀纪念的，
还是你依依的身影。
风吹乱了宇宙，
吹不散我心中飘扬的你。

摇晃变乱步伐，是我，
但爱不归于风。
思念是庸俗的步伐，
刻骨铭心才是开始，
我与你没有希望，
爱正在此时得到证明。

在天空里熠熠生辉，
爱被遗忘在角落。
细节的一切，
透露着野心。

我憎恶着一切，

却追不上你的脚步，

将白色的鞋子落在了沙滩。

97 悼　亡

谁还会记得，
那场多年前的晚秋，
盛大的树叶隐天蔽日。
绿色将枯黄的结局伪装，
阳光吹动空气，
波纹藏在心底的角落。
那片荷花开放的蓝天，
有一对相望的我们，
满天星河照亮了回去的路。
二十岁，最好的年纪，
扮演那场想象的爱情。

我曾记得那场离别，
冰冷的红色洒了一地。
那片树荫和你的背影，
像把刀子投射在我身上，
血一样的回忆缓缓流下。

你不再是一个演员，

陪我演出或真或假的细节。

黑夜的影子在身旁，

在暧昧的灯光下徘徊，

玻璃重复破碎了无数遍。

98 云

我等着云飘过来，
再慢慢给它上色，
像孩子期待着棉花糖。
手边有无数种颜料，
云喜欢什么颜色，
我就把那颜色送给云。
那么甜的云，
即使是黑色也秀气。

我等着云，
在熟悉的草地与山野，
影子转了一圈又一圈。
等一整个晴空，
散落的星光把我忘记。

99 肉 身

世界是英雄的一场梦，
飘荡在历史中，
画一段彩色的烟雾。
人的身躯与大地融合，
鼓起折断的翅膀飞行。
享用着大大的理性，
沉浸于美妙的苦闷。
需要一杯醉人的美酒，
去替神明陶醉地忘我，
遗忘是唯一的救赎。
精神在所爱者手里劫掠，
像一头蛮横的狮子，
敬畏创造新的价值。
肉身在纯洁中遗忘，
一场新的开始，
孩子的天真。

100 童　话

风曾穿过柳叶告诉我，
我的一生将会是一段童话，
那梦里的一切都会在现实印证。
每一片土地都曾留下的故事，
那是一片爱情与幻想的天堂，
是流着奶与蜜的家乡。
千百年来发生的一切，
历史终究掩埋了孩子的梦。
在孩子成人的瞬间，
故事走向了消亡，
但我将永远爱你。

后记

我没有想到，曾经随手写下的这些小诗有朝一日会积累成这样一本小书。有时候，我读我自己写下的这些诗，都不能完全理解当时的我在想些什么。但我能从字里行间感受到的，是一个孩子的精神世界。不可否认，这些诗是从我的笔下诞生的，但当它们被写成以后，也就拥有了生命，而我只是个过客。

这些诗最后的命运如何？我想大概率同我一样平凡，最终归于尘埃。不会有人记得它们存在过，就像大多数人一样在历史中湮灭。

小的时候，我们总会想象自己的未来会是怎样的一种波澜壮阔。长大后，我们依旧渴望着得到承认。就像我前几年写诗很喜欢与朋友分享，希望得到朋友的肯定。时间久了才发现，它们真正的读者只有自己，它们同我一样地默默无闻。

再有三年时间我就到了而立之年。在别人眼里看来，我好像什么事都做得磕磕绊绊，而我却会拿一些功成名就者的例子来证明自己只是大器晚成。但现在，我已经放弃了别人眼里的“成功”，我现在想追求的是人间的“幸福”。

幸福的问题是难解的，每当有人想给出答案的那一刻，他就不可避免地走向了庸俗。他们同《柏拉图对话录》中妄图解答苏格拉底问题的那些人一样，成了反面典型。幸福是一个终极问题，人对这类终极问题要有敬畏之心。终极问题永远都不会有答案，但正是在努力解答的过程中，人才逐渐成为人。

在我研究生毕业论文开题时，有两个选项摆在了我的面前。一个是孙玉石诗学研究，孙教授的著作对我有颇多影响，他的诗评、他的学术著作，像一盏盏灯，给我启迪；另一个是克尔凯郭尔存在美学，我是从研究生才开始认识这位被称为“存在主义之父”的丹麦哲学家，他的思想同样令我着迷。最终，我选择了后者。同他在 1835 年 8 月 1 日所写的日记一样，我也想要寻找个体“能够为之生，为之死”的真理。我也想同无数个热爱真理的人一样，走在这条永无止境的路上，至于最终能否获得幸福，只有梦想知道。

生存于世，我们常常忘记自己的“存在”，常常让自己陷入“非本真”的状态。逐渐地，那些被资本强加给人的欲望变得越来越正当。所以，我愿意永远是个孩子，始终处在“未完成”的状态。《庄子》里有一句话：“吾生也有涯，而知也无涯。”在我上小学的时候，墙上经常挂着这句话来勉励孩子们求知。但是这句话后面还有一句：“以有涯随无涯，殆矣。”我们的现实却往往比“殆矣”更糟糕，有太多人以无知为知，被逐渐“异化”，我和他们不同路。我是个知道自己“无知”的“孩子”，那些姓名的“前缀”就留给别人吧。我只愿在生活中默默成长为我自己。吹灭读书灯，一身都是月。

我知道，这世上有太多伟大的诗，我所写的这些也算不了什么。但如果你想了解我，想了解一个同你一样在这个世界生活的、平凡的孩子，我很乐意同你分享。在这本书里，有我对于爱的渴望。

感谢我的朋友耿庆强，没有他的鼓励我很难坚持下去，他总是我诗歌的第一位读者。

感谢房伟老师在百忙之中为我写序，房老师是我最为敬佩的学者，他对于文学的热爱激励着我。时隔七年，我依旧记得大二听房老师讲当代文学的幸福岁月。老师的诗集《仰望月光的石头》也是我的榜样。

感谢我的硕导李骞老师，跟着李老师读书的三年为我的学术打下了根基。

感谢我的父母，感谢他们一直以来的支持。

最要感谢的，是那片星空。

王　至

2022年7月23日　昆明